Title of the original German language edition:
Nicht egal! Die Geschichte von Flora, der Klimapiratin
Text & Illustrations: Michael Roher
© 2020 Luftschacht Verlag, Wien
Complex Chinese language edition arranged through The PaiSha Agency,
Taipei & mundt agency, Düsseldorf

繪本 0304

我是環保小海盜

文‧圖｜米歇爾‧羅爾
譯者｜林敏雅

責任編輯｜張佑旭
美術設計｜蕭雅慧
行銷企劃｜張家綺

天下雜誌群創辦人｜殷允芃
董事長兼執行長｜何琦瑜
兒童產品事業群
副總經理｜林彥傑
總編輯｜林欣靜
主編｜陳毓書
版權主任｜何晨瑋、黃微真

出版者｜親子天下股份有限公司
地址｜台北市 104 建國北路一段 96 號 4 樓
電話｜(02) 2509-2800 傳真｜(02) 2509-2462
網址｜ www.parenting.com.tw
讀者服務專線｜(02) 2662-0332 週一～週五：09:00~17:30
傳真｜ (02) 2662-6048 客服信箱｜ parenting@cw.com.tw
法律顧問｜台英國際商務法律事務所‧羅明通律師
製版印刷｜中原造像股份有限公司
總經銷｜大和圖書有限公司 電話：(02) 8990-2588

出版日期｜ 2022 年 10 月第一版第一次印行

定價｜ 300 元
書號｜ BKKP0304P
ISBN ｜ 978-626-305-303-8（精裝）

訂購服務
親子天下 Shopping ｜ shopping.parenting.com.tw
海外‧大量訂購｜ parenting@cw.com.tw
書香花園｜台北市建國北路二段 6 巷 11 號 電話 (02) 2506-1635
劃撥帳號｜ 50331356 親子天下股份有限公司

國家圖書館出版品預行編目資料

我是環保小海盜 / 米歇爾‧羅爾（Michael
Roher）文‧圖；林敏雅 譯 . -- 第一版 .
-- 臺北市：親子天下股份有限公司, 2022.10
32 面；20X25.4 公分 . --（繪本；304）
注音版
ISBN 978-626-305-303-8（精裝）
譯自：Nicht egal！

882.2599   111013062

我是環保小海盜

文·圖 米歇爾·羅爾

譯 林敏雅

芙蓉現在八歲，再過幾個星期就是她九歲生日。
媽媽說：「芙蓉還有好長的人生要走。」
爸爸說：「芙蓉有一天一定會成為動物學家。」
奶奶說：「或許會是個出名的女明星。」

高溫持續破紀錄。
極端乾旱氣候及農作物欠收！

熱帶雨林失火！！！
地球的綠肺在燃燒。

航空旅遊
前所未有的便宜！

暴風雨、洪水災害，
以及極端天氣將
大幅增加！

氣候變遷：
極地的冰正在融化！

海平面上升！
島國都在下沉。

總統否認
氣候變遷！

全球肉類消費
持續增長

氣候受害者：無尾熊將絕種？

最新款智慧型手機
現在續約0元帶走！

爸爸問：「你想要什麼生日禮物？」
芙蓉沒有回答。
她腦子一直在想著：「無尾熊快要絕種了！」

無尾熊
快要絕種了！

爸爸不確定的聳聳肩低聲說：
「這種事不會發生。」
一邊繼續洗他的碗。

總之，芙蓉可在乎了，
她想要為地球做些事情。
首先，她要想出一個計畫。
此外，她還需要擁有海盜的
無比勇氣和狂野決心。
吃晚飯前她已經完成清單。
最上面寫了大大的
生日願望。
爸爸開始看她的清單。
媽媽說：「啊，芙蓉，
你加入海盜團了？
吃飯時拜託把頭巾拿下來，
可以嗎？」

爸爸把芙蓉的願望清單拿給媽媽看，
媽媽不再說話。

生日願望

我想要蜜蜂和森林，森林裡有鳥兒唱歌；我想要有大海，海裡有魚、鯨魚、珊瑚，還有烏龜。

我想要結滿新鮮覆盆子的覆盆子樹叢，我還想要蘋果樹、梨子樹、杏樹，還有胡桃樹。

我想要有水很乾淨的河川、湖泊，還有水源。我想要雪可以造雪人和滑雪橇。我想要有叢林、棕櫚樹、狐狸、貓熊和無尾熊！！！

我非常非常希望在我100歲生日的時候，實現這些生日願望。

芙蓉

我要戴著這頭巾！因為現在我是環保小海盜！！！

芙蓉立刻出發

全力前進小海盜！

芙蓉第二天還是綁著她的海盜頭巾。
不管吃早餐、刷牙、校車上、在教室裡，
還是下課的時候。如果有人問，她就會說：
「我真的很需要有生力軍加入我的偉大任務。」

不久之後，芙蓉再也不是一個人了。
有越來越多人加入她的計畫。
從一年級到六年級都有人參加，
這是一支強大的隊伍。
他們給自己取了一個很酷的
名字：環保海盜團。

而且每個人都有好點子。

喬莉莫莉

綠麻雀

花仙子珍

霹靂男

叛逆羅莎

莫里茲墨魚麵

貓熊莉莉

傑克麥可

譬如，喬莉莫莉改了演講題目，
她原本是要講和馬有關的主題。

氣候變遷

CO2

交通工具

工業

可以
這麼做

使用布袋

少用
塑膠品

在地+有機的商品

少上網

氣溫
上升兩度，雖然
聽起來差不多，
但是……

霹靂男提供一個建議。

叛逆羅莎認識一位巴西的朋友。

為氣候和環保而行動的海盜團，聽起來好酷！我也要加入！

莫里茲墨魚麵也找到鄰居加入環保海盜團。

貓熊莉莉下了決心。

從今天起，
我再也不吃肉！
＊＊＊

交換 + 維修
咖啡店

二手
時裝、桌遊、書籍

公共冰箱

需要什麼就拿，
不再需要的東西可以放進去！

傑克麥可的爺爺有一間空的倉庫。

這只是剛開始而已。 壞保海盜還有好多事情要做。
譬如：到圖書館找有趣的書、 跟爸爸一起到菜市場
買東西， 或是幫奶奶做正確的垃圾分類。
或是， 就像今天， 慶祝九歲的生日。
搖滾吧！ 多麼棒的派對！

爸爸媽媽也準備了禮物。
「我們想，要實現你一
百歲的生日願望，最好
從現在就開始行動。」
爸爸大笑說，同時把一
棵小樹苗遞給芙蓉。

「希望你們也接受大人加入海盜團。」
媽媽一邊說，一邊把
頭巾綁在頭上。

歡迎加入

歡迎你加入環保海盜團，成為我們的一員。

你還知道你可以為氣候和環境做些什麼嗎？

寫下你的新點子或是經驗，並和你周圍的親友分享吧！

_____

_____

_____

_____

芙蓉和環保海盜團團員